열두 겹의 자정

김경후 시집

문학동네시인선 019 김경후

열두 겹의 자정

시인의 말

어릴 때
시인이 되면
사랑한다는 말을 많이 하며 살 수 있을 거라
믿었다.
아직 하지 못한 일
지금 시인이 되고 싶은 이유

열두 겹의 자정을 지나
이 말을 박고 싶다.
부모님 선생님 친구들에게
기억과 망각에게
그리고
당신에게

2012년 5월
김경후

차례

3부

1부

토르소

텅 빈 카페 선반 위
토르소
누군가를 기다리며 한나절
기다리지 않기로 한 뒤
또 한나절
허벅지와 미소
울부짖음과 발바닥
있어서 안 되는 건 이미 모두
없다
더이상 잃을 것도 없다
그것뿐
벌건 할로겐 램프 아래
벌거벗은
토르소
잊기의
기억

세 다리 의자 위에서

폐지 위에 내린 장맛비
기억하는
펄프의 결처럼

시간의 눌어붙은 엉덩이 자국
위를 지나는
흰 그림자처럼

잠시, 먹구름처럼 두 손을 흔들며
여기,
잠시

북 치는 여자

너를 볼 수 없는 밤을 새고
너를 볼 수 없는 밤이 온다
오늘은 어둠도 돌아올 수 없는 밤
너의 길고 푸른 속눈썹으로 만든 붓,
그 붓으로 나는 쓴다

북, 치, 는, 여, 자,
나의 기관차, 너의 검게 탄 팔뚝 대신
이제 빈 병 같은 봄이 온다
벼락을 가르고 용의 피냄새 풍기는 북소리
그 대신 낮잠만 온다
북 치는 여자

한밤의 옥상
타들어가는 담뱃불로 너는 북가죽을 뚫었다
우산을 쓸지 노랠 부를지 망설이는 나에게
해 질 때마다 북을 쳐달라는 나에게
북을 건넸다

오늘은 어둠조차 돌아올 수 없는 밤
네가 마지막으로 두드렸을 북한강 물 위에
백지 같은
달의 유골함 같은 너의 북 위에

나는 쓴다
너를 두드린다

동그라미

손수레 가득
음표들을 싣고 가요
말복 더위
동그라미 위로 벙어리 가수가 지나갑니다

바퀴들이 흘러가네요
수수께끼보다 달콤하게
비에 젖은 발가락보다 가난하고 보드랍게
손수레 가득
음표들을 싣고 가요

나는 살짝
동그라미에게 물어봅니다
찢어버릴까?
동그라미는 동화책을 뒤적이며 내게 말했죠
쉴 새 없이 가지만 절대 문을 열러 가지는 않는 건 무엇일까?*

휩쓸려가기도 하고
오고 가기도 하고 주름져가기도 한대요
동그라미 위
손수레 가득
음표들을 싣고 가요

하지만 남아 있습니다 나 혼자
덩그마니
동그라미 위에

* 린드그렌, 『내 이름은 삐삐 롱스타킹』에서.

해 질 녘의 슬리퍼

너와 내가 같이 신던 슬리퍼의 냄새

하지(夏至)의 땅거미 냄새

노을에 대고 멍하니 지린 오줌을 다시 누고 싶어

우리는 곧 질 것이다 더없이 떨어질 거다 저 너머 아뜩하게
(19시 57분 이후는 겨울)

너와 내가 같이 신던 슬리퍼의
누구도 아닌 냄새

기온 34도 습도 80퍼센트

으깨진 딱정벌레의 등딱지 냄새

프레스코*

흑노을이
흘러간다

흘러가면 된다
울음과 그을음
흙삽에 으깨진
시간과 담즙도

누구의 벽이든
벽이든 아니든

어둠을 긋고
떨어지는
붉은박쥐의 마지막 발톱 자국 따라

갈라
터진 흑노을
흘러간다

* 회반죽 벽이 마르기 전에 안료로 그림을 그리는 기법, 또는 그 기법으로 그려진 벽화.

상어와 한 컷

그런 게 있는 게다
그럴 수밖에 없는 게 있다
한밤의 바다
백상아리처럼
그런 게 있다
바다표범의 살 속 깊이
톱이빨이 으스러지도록 잇몸 뿌리가 박히도록
단 한 번
그렇게 물어뜯고 그렇게 물러서기
눈알을 뒤로 돌린 채
기다릴 수밖에 없는 게 있다
상처 입은 바다표범에게 상처 입지 않으려는
백상아리일 수밖에 없는 게다
그런 게 있다
그럴 수밖에 없었던
개기월식의 절정에
발바닥으로 흘러내린 한 오라기 태양
흐르고 번지고 몸부림치는
순간을 마지막 핏물이 빠져나갈 때까지
그렇게 내버려둘 것
그런 게 내게 있다
그러지 않아도 되는 건
백상아리에게조차 없는 게다

동물원 데이트

파충류관엔
자기 머리보다 큰 짐승을 삼키는 뱀이 있다
비늘같이 어깨를 붙이고 손을 맞잡은 너와 내가 있다
유리판 너머
울컥 청록빛 목 비늘 속으로
울컥 쥐 몸뚱이가 다 드러난다
징그럽지?
뱀들의 복도를 서성이는 사람들
비늘의 밤 너머
우리는 서로의 목구멍을 타들어가는 서로를 알아본다
자정마다 울리는 뼈의 종소리
머릿속으로 납물이 부어진다
마르지 않는 납물에 자신의 지문을 찍어두는 연인들
징그럽지?
응, 징그러워
우리는 서로 꼬옥 껴안는다
토요일 동물원엔
납 비늘보다 단단한 사랑이 있다

목탄 소묘, 연인

뭉그러진
텅
빈
밤

불탄
포도 덩굴
아래

개흙에
흑꿀처럼
엉켜
눌어
붙은,

사이좋은 사이로는 어떤 바람이 불었는가

장마

벼락 속 내리치는 빗발
그렇게
오랫동안
우산이 필요한 영혼은 이제 내게 없다

열쇠

계단과 계단 사이엔 열쇠가
없다 오르기와 내려가기 사이엔 자물쇠가
없다 이것은 비유다, 천둥이다, 죽음이다, 허무다, 기타 등등
여러 학설이 오갔지만 아무도 열쇠가 없다는 걸
믿지 않는다 벽에서 별까지
열쇠를 찾는 자들의 자물쇠 잠그는 소리

가을 새벽 축축하고 부드러운 나뭇잎 속
당신의 손이 닿지 않을 때까지만 자라나는
버섯의 향기,
열쇠를 감싼다

바늘의 사실

바늘에 대해 알아야 한다 문제없다
내가 고슴도치가 아니라는 걸 알아야 한다
알 필요 없지만
그들이 나의 바늘로 나를 찌를 거라고
썼다 문제없다 나는 나에게 박힌다고 써라
가장 큰 문제는 당신으로 하여금 평생
당신의 대대손손 내 바늘을 뽑도록 할지
모른다는 것이다 이쯤에서
모른다는 걸 알아야 한다는 생각이 드는가
문제없지 않은가
바늘도 없이 까분다고
나에 대해 당신이 웃을 수 있기를
바란다 문제없다
나만이 나의 바늘에 대해 알아야 하는 것은 아니다
갑판 위의 꼬리지느러미처럼 바늘이 떨린다

바람의 풍장

닭튀김을 뒤적이다가, 이건 어디였지, 모가지 날개 사타구니 어디? 바람이 죽었대, 바람의 풍장 소식을 들은 밤이다

요즘 넌 어떻게 지내, 네가 나를 잘 모르듯이 지내, 그런 널 북쪽 밤하늘 어디쯤 걸어둬야 내 별처럼 흔들릴까, 바람의 풍장에 가지 못할 정도로 바람 부는 밤이다

내일도 나는 출근하고 빨래를 하리라는 걸, 오늘 도망갈 생각을 하는 동안 안다, 나는 닭의 어느 부위였을까

바람이 우는 그믐밤
나는 닭 날개를
뒤적인다

쓰르라미가 묻고 쓰르라미가 답하는 하루

쓰르르르 쓰르륵
답한 쓰르라미가 답하고
물은 쓰르라미가 묻는
또 하루

또 밤인가요?
또 언제나 밤이지요
혼자 씨익 웃으며
혼자 몸을 쓸어내립니다

손목 없는 손을 묶고 있는
모래 사슬
또 하루
쓰르르
묻힌다

커플 벙어리장갑

카페에서 커피를 마셨더니 커플 장갑을 줬다
크리스마스 이벤트로
혼자 커플 손이 되어보려는 나의 두 손

얼마나 멀리 있었는가 나의 손과 손은

나의 손과 손 사이로 지나간 것은
절벽의 침묵
침묵에 이어진 길고 긴 어둠

벙어리장갑 속 손들은 서로를 꼭 쥔다
서로 쥐고 서로 지운다

커플 벙어리장갑
방구석에 툭 떨어지는 벙어리 손들

고딕식

매의
피로
만든
양초
타
올라
허공
이나
찢어
발기는
그래도
나는
뭉개
지고
짓
이겨
져도
나는
매의
피
만
을
흘린다

곁

네 곁에 있기 위해
난 네가 필요 없다
팔월 폭우 속
네 지문이 묻은 물방울의
냄새

네 곁에 있기 위해
너조차 난 필요 없다
예언자의 책상을
불타는 석탄덩이로 지지는 따위

말라 죽은 백나왕나무 냄새가 나는
너의 등 뒤
그 뒤
네 곁에 있기 위해
나는 내가 없다

달궈진 프라이팬 위의 자정

끓는 기름 위에 떨어진 물방울처럼
지글대는 기억, 튀겨
눈 속에
박힘
움켜쥔 손아귀 사이
터지지도 울부짖지도 않는
곪은 일식의
나날들

눈물이 없는 자는 살을 올려놓아라

손톱의 블랙유머

낙타가시나무만큼 자라면
모래수렁에서 일어나
너에게 갈게
양들의 풀밭을 찢고
손마디에 숲의 덫들 모두 끼우고
찾아갈 거야
은식기와 촛불을 준비해줘
바람 불 때마다 닦아놓은
내 손톱만 기다려
설탕꽃 가득 꽂은 케이크 위에
썩은 핏방울을 떨궈주겠어
한밤중 가지 끝에 올라
엄지손톱에 네 영혼을 끼워놓고
모래바람으로 서서히 말려줘야지 서서히

농담 예스터데이

곰팡이 슬어도 썩지 못하는
어제, 예스터데이
그렇게 오랫동안 부르지 않아도 오래 기다릴 수 있는,
이대 후문 건너 이 층이랍니다
그렇게 딴청 피우지 않아도, 언제부턴지
언제나 예스터데이
장마의 우산통 같은
진통제가 풀린 수족관 속 물고기 같은
그런 여름밤, 예스터데이
앞으로도 말도 안 되는 비유들에 사로잡힐
살아 있던 자들이 깔아놓은 철로에
죽을 자들이 누워 부르는 콧노래
그 위로 꽁초처럼 떨어지는 별빛들
자, 이것이 마지막까지 말도 안 되는
농담 예스터데이
살아 있던 자들이 기차를 세워
죽을 자들을 부축해 돌아가는
오늘도 예스터데이

붕대

발이 푹푹 빠지는 밤,
더이상 서로를 볼 수 없을 때
우리는 만난다
가슴에서 오래된 붕대 냄새가 나
네가 머물렀던 상처엔 내가 없었지
서로 보지 못하는 흔적들
창문을 닫아도
바람의 방향은 바뀌지 않는다

발이 푹푹 빠지는 밤,
서로 대답하지 않을 때
우리는 만난다
대합 껍질 속에 넣어둔
내 혀의 무늬는 어떻게 변했을까
너덜너덜해진 침묵을 기워대는 것도
이젠 그만
침묵조차 불을 끄고
방을 나간다
텅 빈 어항을 껴안고 홀로 서 있는 밤

바닥의 붕대 위로 절뚝거린 발자국
서로를 끝없이 기다리며 우리는 헤어진다
다시는 밤이 오지 않는다

이젠 그만

밤의 카페

유리벽 너머
나를 사랑하지 않는 나의 시들

웅츠린 등 뒤로
떨어지며 사라지는

별이 빛나는 밤
어둠은 더욱 빛나고

구석 탁자 흔들리는 빈 컵
사랑하든가 사랑하지 않는 것을

빈 탄피처럼
꽃 잘린 줄기에 맺힌 수액처럼

유리 너머에서 이 너머로
대답의 시간

타인의 타액으로 만든 나의 풍경

검은피나무들이 비밀들을 빨아마시고
불 꺼지지 않는
형광의 빌딩들이 세워진다

내가 살아 있다는 것은 나만의 비밀
내가 질투하는 것은 오직 내 인생뿐

무덤으로 태어나
그림자로 자란다

쉿,
상어 가죽 돌기 같은 타인의 혀가
나를 훑고 간다

자라나는 제로

그믐의
마지막
빛
테두리

버려진
뱀 허물을 뚫고
자라나는
제로
담쟁이덩굴
한
줄기

모래의 악보

(나는) 침묵을 한 소절 놓쳐버린 폭풍
흘러가고
(너는) 폭풍을 폐와 핏속에 담고
흘러간다
(나는) 모래의 악보
흘러가는 동안
(너는) 백지의 탯줄
흐르겠지
(그리고 우리는) 입을 다문다
말들의 십팔방위로 짜인 살갗이 찢어지는 소리를
단 한 번 내기 위해

2부

코르크

울음을 참는 자의 성대는 커다랗다
똬리 튼 뱀만큼 커다랗다
찌그러져 일렁대는
목 그늘을 보지 못하는 그만이
울지 않았다고 웃음을 떠고 있다

울음을 참는 자의 성대는 커다랗다
똬리를 틀고 겨울잠 자는 뱀만큼 커다랗다
이대로 커진다면
곧 성대 위에 이오니아식 기둥을
세울 수도 있으리라

그는 자신에게 '안녕?'
인사도 참고 있는 게 틀림없다
미소와 웃음의 종류가 그의 인생의 메뉴

울음을 참는 자의 성대는 커다랗다
오래 참는 것이
크게 울어버린 것이라고
말을 건넬 수 있을까 그건
갈라진 뱀의 혀를 깁는 것보다 위험한 일
무엇을 그는 버려야
그를 견디지 않을 수 있을까

울음을 참는 자의 성대는 커다랗다
꼬챙이에 찔려 죽은 줄도 모르고
겨울잠 자는 뱀의 꿈처럼 커다랗다
그뿐이다
울음을 참지 않았다고 외치는
울음을 참는 자의 성대는 커다랄 뿐이다

지우개

1
자정의 책상엔
지우개 또는 얼룩진 종이
지우고 지우고 또 지운다

한때 사람들은 빵 조각으로 글씨를 지웠지
빵이 아니라 망각을 달라

2
지우개, 외딴 성당의 고해소
그것에겐 흙바닥에 떨어진 미사보
끊어진 장미 묵주 냄새가 난다
어둡게 피 흘리는 기억들
내 혀에서 떨어져 가루로 흩어져라

모든 기억을 지워도 지워지지 않는
지웠다는 기억
입속에서 잿빛 성체가 부서져 떨어진다

3
핏자국을 핥는 혓바닥, 지우개
흉터들의 감옥이자 숙성실
문지르고 문지르고 또 문지른다

이제 지우개가
나의 도리언 그레이의 초상*을 그린다

* 오스카 와일드의 소설. 아름다운 청년 도리언 그레이가 죄를 지을 때마다 그의 초상이 그를 대신해 추하게 늙어간다.

그믐

나를 꽝! 닫고 나가는 너의 소리에
잠을 깬다
깨어날수록 난 어두워진다
기우뚱댄다

거미줄 흔들리는 소리
눈을 감고 삼킨다

오래 머물렀던 너의 이름에서
개펄 냄새가 난다
그것은 온통 버둥거린 자국들
부러져 박힌 비늘과 지느러미들

나를 꽝! 닫고 나가는 소리에
내게 묻혀 있던 악몽의 알들이 깨어난다
깨어날수록 난 잠든다
컴컴해진다

닫힌 내 안에
꽉 막힌 목구멍에
이제 그곳에 빛나는 건
부서진 나를 짚고 다니던 부서진 너의 하얀 지팡이

내 안엔 악몽의 깃털들만 날리는 열두 개의 자정뿐

천막 교실

1

섣달 도끼바람이 내리치던 날
나는 왜 그곳에 갔을까
청회색 건물 옥상의 천막 교실
하루종일 휘펄떡이는 문 안에서
우릴 가르친 건 하천 돌바람이었다
얼어터진 손은 바람의 말을 백 번씩 마냥 받아썼다
내려갈래 뛰어내릴 거야
공책을 찢어 종이 계단으로 만들 때마다
난 입에 종이 뭉치를 물어야 했고 다 삼킬 때까지
텅 빈 천막에서
연탄난로와 함께 식어갔다

2

해 질 녘 안양천 다리 아래
그날도 얼룩 그림자 몇, 사내들의 웃음소리와
목에 줄을 처매고 날뛰는 개 한 마리
작은 텐트 옆에선 벌써 불길이 거세어졌지만
몽둥이질은 쉽게 끝나지 않았다
고깃덩이에서 튀어오르는 핏방울들
으스러지는 뼛소리
하천 바람은 자갈에 묻은 피를
혓바닥으로 서서히 핥고 있었다

저 혓바닥이 내일 날 가르치러 올 거야
난 신주머니를 팽팽 돌렸다
살 찢겨 울부짖는 개의 소리가 울리는 현악기를 갖고 싶어
태풍의 눈 한가운데 박혀 하루 종일 켤 거야
난 개같이 짖으며 끝없이 달렸다

3
버렸다
매일 이름을 지운 시험지들을
불에 그슬린 개털의 냄새를
하지만 잊어버리자마자
그것들은 바람의 뒷주머니에서 다시 튀어나왔다
아직 풀 수 없는 괄호들을 달고

난 내가 버린 것들을 믿지 않는다
버렸다는 걸 믿지 않는다
아직 난 주홍색 천막 안에서
종이 계단을 삼키고 있는 중이다

머리카락

1
라디오에서 흘러나오는 따뜻한 목소리, 당신의 머리카락을 기부하세요 소아암 어린이들에게 가발을 만들어줍니다

잠들 때마다 나는 열두 살이다
너는 열두 살에 잠들었다

꿈속에서 난 머리카락으로 검푸른 날개를 짜올린다
좀더 머리가 자라면, 자라면,
철탑 끝에서 불타올라 그을음이 되는 날개

잠들기 전 넌 머리카락을 모두 밀었다
머리카락이 얼음으로 만든 깃털로 날아가는 꿈을 꿨다

2
오랜만에 간 미장원
파랗게 식은 손길처럼 머리카락이 얼굴을 훑고 떨어진다
발밑에 머리 더미
쌓인 게 아니라 지금 파헤쳐진 무덤 같은
그 안에 누구인가

잘린 채 아직 자라고 있는 머리카락은 누구의 것인가

해바라기 시간

해바라기 씨앗 위로 시멘트 반죽이 떨어진다
계절 내내 계속되는 오후 두 시
세 시를 향해 혼자 울며 뛰어가던 길
가방 속 탬버린은 흔들려도 조용했다
공터의 땅을 나 혼자 다 따먹어도
나는 공터였다
여보세요 여보세요
아무도 오지 않아도 나랑 놀아주세요
울다 지친 오후 두 시에게
오후 두 시를 잊어버리기 위한 놀이와 단어들이 바닥난다
바닥도 고꾸라지며 더이상 바닥이 아니다
굳지 않는 시멘트에 고이는 물
나는 내 발을 걸어 넘어진다
목 잘린 해바라기 줄기 위로
여보세요, 툭,
두 시가 된다

환절기

1

첫 빗방울을 맞기 직전의 땡볕돌 냄새가 나는 시, 불타는 역청탄 같은 노래, 그랬으면 좋겠지만, 그게 아니라, 올해 내가 유일하게 칭찬받은 사람은 술집 여주인, 손님, 많이 마셨는데 안 취한 거 같네, 그게 아닌데, 그게 아니지만 이것도 아닌, 뜨겁지 못한 그게 시가 되는, 취하지도 못하는 시

2

머리에 대못이 박힌 채 껍질이 벗겨지는 뱀장어 눈알, 그 빛과 감촉처럼 사랑하기를, 발광하며 감전되기를, 질주하는 죽음의 타이어 자국이 영혼에 새겨져도, 이빨로 타이어를 물어뜯어서라도, 저주할 만큼 사랑하기를, 그게 아니더라도 그러기 바라기를

오래된 건지 버려진 건지 모를 옷과 가방들, 사실은 그게 아니라, 세탁기에 해어진 너의 명함과 동전지갑, 그건 더욱 더 아닌, 너의 밤색 머리카락과 새치까지, 그러지 않아도 되는데 그게 아니어도 이미 그런, 나는, 비어 있는 수족관의 오래된 물때만 손가락으로 비비고 있다

3

빗물에 검어지는 돌들, 나는 돌보다 검어질 수 있을까, 아니 그게 아니라, 오늘의 암흑이 내일의 암흑보다 깊기를, 지

금은 그게 아니라 얼른 뛰어서 집에 가야지, 그게 아니어도, 밤새도록 내가 토해낸 밤들은 언제나 나보다 크고 밝다, 시인의 종이, 검은 글자들을 지우면 함께 지워지는 검은 달빛, 아니 검은 구름들

샌드백

1

기다림이 돌아온다 (이건 아니지) 떠났던 만큼 돌아오고 올려친 만큼 떨어진다 나는 챔피언 (아니잖아) 덤벼 (아닐 걸) 덤비라구 (아니라잖아) 모래가루가 화강암이 될 때까지 이걸 때리는 건 (왜지) 때려봤자 맞지도 피 흘리지도 못하는, 때려봤자 도망치지도 바닥에 뻗지도 못하는 나는, 샌드백의 샌드백 나는 (왜)

2

새벽 세 시 (끊어질 듯 끊이지 않는) 티슈 때문에 더 우는 것뿐이야, (울고 있는 건 늙은 매미) (아니, 장맛비에 벽지가 우는 거야) 아직 울면서, 아직은 나는, 나는 그렇지 않다는 혼잣말

3

두드려 때려눕혀라 (나는 기다린다) 마우스피스가 공중에 날아오를 때까지 (다신 돌아오지 못할 기다림을) 더 깊게 올려치고 더 깊게 날 찍어눌러라 (내가 졌다고 인정하는 건 내가 아니라 당신의 일일뿐)

단 한 방, 내 주먹에 지옥이 통째로 실릴 때까지, 그렇게 단 한 번만 꽂아넣을 때까지, 아직 아직은

4

기다린다 칼에 찔려본 가슴뼈가 밤새도록 떨며 기다리고 있다 빛나는 칼몸을

검은 봉지를 들고

나는 묻는다
생선 좌판 비닐 아래
고등어 갈치 오징어에게
썩지도 못하는 썩은 살국물
뚝, 뚝 흘리는 그것들에게
나는 묻는다
죽음에 대해
죽음 이후에 시작되는 이름과 일상에 대해
쉰 울음과 쉰 핏속이 아니라 스티로폼 속
조림과 구이 탕거리들이여
마지막은 언제나 목청을 드높일 것
만 원에 몽땅 드립니다
단 한 번인 것이 단 한 번에 끝나지 못할 때
검은 봉지를 들고 나는 묻는다
담벼락 마지막 벽돌을 돌아서며
꼬리로 별빛을 더듬거리는 것들이여
너도 내게 뭐든
묻어라

코너

공이 울리면, 코너에 의자, 땀과 고함을 짊어지며, 어둠 속에, 몰리고 또 몰려, 흔들리는 건 다리가 있어? 부서져? 어둠에 물어보며,

공이 울리면, 붉은 글러브, 두드려 맞으며 찢어지며, 더이상 몰릴 곳도 없이, 넌 어떤 어둠이냐 어떤 어둠이냐, 후들거리며, 숨도 못 쉬고 답도 못하면서 코너에,

등뼈가 파이도록 링에 처박혔다 튕겨나와, 나는, 무릎을 꿇고, 폭포처럼 쏟아지는 빛의 링 한가운데, 나는 동굴 같은 정오, 바늘 끝에 세운 광장, 아주 잠시 캄캄한 채 내가 당신 한가운데 떨어져도 되겠습니까, 물음이 끝나기 전, 다시 코너의 코너 속으로

모서리에 못

바보

그자는 늘 나에 대해서만 생각한다
내게 모든 걸 건다
밧줄과 밤, 가위와 가면까지도

가끔 내 납작한 주먹에 대해 곧추세운 발끝을 위해
글을 바치기도 하더라
편지 속엔 언제나 봉투가 있었다
아무도 봉투 속에선 울지 않는다고?
글쎄, 그건 모래시계 속 모래뿌리와 모랫잎 사이의 일일 뿐

두드리다

우리 집에 놀러 오세요
새하얀 도화지 잔뜩 사가지고 오세요
당신을 가득 그려줄게요 밤새도록
찌그러진 나무창 살짝 열어뒀답니다
전봇대 개 오줌이 말라가는 냄새와 야래향(夜來香)이 섞이는
우리 집에 놀러와요

세번째 세입자는 못을 두드리고 있다
조용히 해! 아무도 그의 못을 두드리지 않는다

종이비행기

지하실 계단 버려진 냉장고 속에서
기다린다 남실바람 명주바람
기다리다 지치면 더 기다린다

나는 벚꽃잎 날개 타고 강을 건너네
가벼워 바람 없이도 너무 가벼워
너무 멀리 와버렸네,
라고
그는 마음에 박아넣고
모서리에서 기다린다
못

단풍 낙엽

나는 태어난다 십일월을 찢고
묵고 딱딱한 나뭇가지 자르고
피 묻은 발톱
늦가을의 쓸개
그대로 밑바닥을 뒹군다

쇠칼 냄새 나는 바람
나뭇잎들의 처형식은 이제 끝
나는 매달려 흔들리지 않고 떨어져 흘러간다

팔월의 증오와 진눈깨비 사이
지린내 나는 지난밤들을 나는 덮고 또 덮는다
너덜너덜 내가 날 증오할 때까지

난 컴컴한 마음의 칠성판
내게 눕고 또 누워라
나와 함께 모두 불태운다
십일월을 불태우며 나는 태어난다

가두다

가두다는 왼손으로 어둠을 여는 자
삐걱거리는 가슴의
바로 그자
어서오세요
와
다음부터 이곳에 올 수 없어
는 그의 유일한 유머이자 유언
그가 아니라면
나를 뒤덮는 이 그늘은 누구인가
누구의 가슴에도 그렇게 쓰여 있지 않았지만
자신의 가슴으로 구덩이를 삼키는 자
그가 바로 가두다
나로부터 한 발짝도 나갈 수 없는
철필로 쓴
기억의 비명

잘 듣는 약

이번 약은 잘 들을 겁니다
의사 말을 듣고
믿고 싶은 그 말을 믿고 나는 묻는다

얼마나 잘 듣지 않았나
이불 속에 드러누운 나의 마음은
컴컴한 창밖 얼어붙은 얼굴을 들이미는 나의 고함조차
듣지 않았지 열어주지 않았지

내가 있어도 나는 빈 방
없어도 나는 나의 빈 방

누구를 기다리는가
골목 구석에 쑤셔박은 내 밤들
털 빠진 등허리를 말고 자던 내가 버린 고양이들
듣지 않았지 나는

내가 지내온 빈 밤의 소리들
내가 지워버린 빈 밤의 소리들

듣지 않고 딛고 가야 할 소리만을 믿었던 나는
나는 텅텅 빈 소리
그것들을 잘 다지고 잘 부수지만 잘 듣지는 않는 병

앞으로도 나는 듣지 않을
빈 방의 나의 소리들
이 약은 잘 듣고 있겠지

크리스마스

1

여자는 머리를 잘라 금시곗줄을 산다 머리빗을 산 남자를 만난다 시계 없고 머리 없는 우린, 만나면 안 되잖아 (그러게 말야) 시계 초침을 삼키는 목구멍 소리 (그게 누구의 목구멍에 걸렸든) 여자는 머릿가죽에 핏물이 흐를 때까지 머리를 빗는다 빗고 또 빗는다 눈발처럼 떨어지는 머리카락들, 남자가 빗피리를 불며 여자를 지나간다 모래바람으로 만든 포장지처럼 그들은……

여기까지, 내가 해마다 읽는 크리스마스 아침

2

막다른 골목에서 소머리국밥
이제 우리 어떻게 하지
간단해, 머리에서 뼈와 가죽, 고기를 떼어내, 간단하지
가볍지? 푹 삶아 찬물에 식히라구
뭐, 정 그러면 머릿고기 절단기도 있고 탈모기도 있다더라
증기도 나오고 물도 뿜어준대 깨끗하겠지
시대가 좋지 뭐 그래도 무거우면 네 뱃속에 있는……
네 머리에 대체 뭐가 들었는지, 그건 내가 뼛속까지 알아

3

생리피로 꽃 그림을 그리는 화가

그 여자에 대한 소설을 쓰는 여자가
내가 아는 그 여자일지 모른다(라고 나는 쓴다)

4

문방구 선반, 눈사람이 들어 있는 스노우볼을 흔든다, 메리 크리스마스, 마구 흔든다, 눈사람 위로 그 여자 위로 푸른 잿가루 떨어진다, 뜨겁게 흩날린다

11

그들이 11월의 11시를 가지고 왔다 11월의 11시가 오기 전부터 이미 난 11월의 11시였다 그들에게 내일이 바로 그 내일이라는 메일을 보냈지만 내일은 올 수 없다는 뉴스만 11번째 나왔다 11월의 11시는 혼자 쓰러질 수 있을까, 알고 싶으면 11월의 11시까지 반드시 살아 있을 것

누구나 혼자, 라고 대체 난 누구에게서 들은 거지 그런 말은 11월의 11시가 하는 혼잣말

창문 없는 창, 혼자 남은 사람은 벽을 찾고 검붉은 덩굴은 혼자 남은 사람을 찾는다, 아니 동굴이 나를 찾았던가, 중얼거림이 끝나기 전 11월의 11시가 맨발로 나를 밟고 떠난다

구덩이

작살 꽂힌
오래된 구덩이
바닥도 작살 끝도 보이지 않는다

뒤돌아가자 내가 사는 철길로
나를 묶은 쇠사슬이 시작되는 곳으로
하지만 잠을 깰 때마다
구덩이 곁
철쇄 채워진 손에
북채 없는 북을 들고 작살 주위만 맴돌고 있다
이곳에 범고래의 심장을 던져볼까
멧닭의 첫 울음이나 도마뱀은 어떨까
저 뒤로 물러가라
난 구덩이에 살지 않는다

천둥비 내리는 밤
삽질
흙 떨어지는 소리
철로에서 난 북을 찢고 있다
그 속에 진흙을 퍼넣어 달려오는
피멍빛 기차를 향해 던진다

납거미

담즙으로 그림자를 짜라
내 안의 납거미야
가슴을 쥐어뜯고 있는 내 그늘을 뒤덮어라

땅거미가 지면
난 여덟 다리 여덟 눈
네 그림자에 엎드려 간다
매일 밤 내 혓바닥과 신발이
불살라지는 그곳
잿가루 한가운데
그네를 타면서 흐느끼진 않는다 하지만
점점 두꺼워지는 나
말없이 너의 실젖, 아니 내 젖꼭지에서
쓰디쓴 실을 토하자
머리통엔 어항을 뒤집어쓰자

맨몸 맨발로 돌아온 숫간 한구석
쓸개즙 그물에 눌어붙은 검은 이슬방울
이제 재 묻은 입술이 올 것이다
너의 그물이 내 숨을 끊기 전에
칼바람을 거머쥐고
납거미야
그만 위턱을 흔들며 내게 와

내 쓸개를 다 씹어다오

금

춤
을 바늘구멍에 끼우다
손목을 잘린 자가 쥐고 있는 칼
폭발을 견디는 근력
찢어진 나비 날개가 바람을 타고 나비보다 빨리 날아간다
공기에 대해서 시에 대해서 쓰지 않는
공기의 시인
번지는 금 속에서
흙은 처음 흙인 줄 알고 불은 불을 알게 되지만
금만은 금을 모른다
그것은 가장 오래된 흙
가장 오래 묵은 묵음
토막나지 않는 단 하나의
둘

여백의 연기력

그것은 자갈사막에 산다
물속이거나 구름이어도 상관없지만
어쩐지 자갈사막에 사는 척한다

난 그것을 읽고 죽은 척한다
내 머리 위로 날아온 자갈들

그것을 모르는 척하기 위해 그것에 대해 쓰고는
쓰기 위해 그것을 모르는 척한다

어쩐지 그것은 자갈사막에 산다
사막에 탯줄을 꽂을 수 있을까

내가 어디로 가고 있었는지
난 잘 알지만
어디로든 다시는 가지 못하는 척한다

에칭

덮어버리려고
다시는 디디지 않으려고

십이월 얼음 밴 진흙땅과
너덜너덜한 어둠을 삼키던 밤을

두껍아 두껍아 헌 집 줄게 새 집 다오
새 집 줄게 남아버린 헌 집 다오
그래도 될까

깊어지고 부식된
더 깊어지는
이 밑그림 밑 어느 겨울에선가

나 외뿔소자리 타고 날고 있었지
소금에 절여진 연어의 영혼을 위한
어부의 노래도 들었지
지금
그래도 될까,
하지만 이 말도 이미 송곳바람

앞으로 짓는 집 다 줄게 두껍아 아무거나 다오

주홍 구름에도 소나기 사이에도
비어 있는 거울 속까지
파고든 이 자국들은

두껍아 두껍아
얼마나 더 찍힐까
그래도 될까

모래의 시

모래로만 이어진 그 길을

나는 실크로드라 부른다

죄의 별을 씻어내는 먼지 덩어리

그걸 은하수라 부른다

지금 나는 부서지는 시를 쓰고 있다

아귀의 심장보다 어둡고

바늘의 혓바닥보다 딱딱한

늑대 발바닥 냄새가 나는 이미지들,

질식의 리듬,

그게 다

그것뿐인

시,

모래의 시,

그것은 언제쯤

비단길 짜는 누에로 태어나는가

여덟번째 해바라기와 여덟번째 기억 사이

무인도
우산이끼숲 불탄 구리 반지
네 손가락 자국은 아직 푸를까

달밤과 낮달
기울지 않고 흔들리지 않고
버려지지 않은 채
초승달 위로 초승달이 지나간다

가지런한 너의 뼈들로
뗏목을 만든다
기억과 여덟번째 사이
덩굴로 질끈 묶을 필요는 없겠지
틈바람만이 회빛 바위에 날짜를 새겨넣는다
아무도 떠날 수 없는
섬을 만드는 뗏목

얘야 자라지 않는 아이야
은하수 향해 멀리 던져야
바닷속 깊이 그물이 펼쳐진단다

두개골 위
꿀빛 나비 날개가 으스러져 있다

문자

다음 생애
있어도
없어도
지금 다 지워져도

나는
너의 문자
너의 모국어로 태어날 것이다

3부

아름다운 책

1

책을 팔았다 권당 삼백 원에서 오백 원 읽은 티가 많을수록 싸다
아저씨, 이 밑줄은 셰익스피어 손자가 직접 한 건데요
아, 그러니까 삼백 원

2

불면 천식 신경통 뭔 병에든 다 좋단다
말벌로 담근 술, 혹은 책 없이 살아가는 것
유리병 속 겹눈들 위로 책장이 넘어간다
술에 푹 젖은 날개와 책을 찢던 밤
터진 애벌레와 무너진 벌집까지 들어간
이게 바로 진짜 말벌주, 나의 책들, 신화 속 벌들의 아틀란티스

3

책을 팔아버린 밤
푸른 불꽃이 흑잿빛으로 변할 때의 촛불 냄새
그 냄새를 시로 쓰는 시인
몽유병 걸린 시체처럼 쓰고 지우고 쓰고 지우고
불의 심장은 이미 식었다

4

그때 왜 그랬을까, 아저씨 잠깐, 이거랑 이거는 빼주세요
몽땅 파는 것과 거의 몽땅 파는 것의 차이로
오늘 밤 나는 책을 읽는다 왜 그랬을까

5

시체 없는 관처럼 생긴 시인
그에게서 관에 밴 시체의 냄새가 난다
오늘 밤 죽지도 못할 거면서
그는 이미 누군가 쓴 적이 있는 죽음이 틀림없다
유리병 속 죽음에 절여진 말벌의 날개, 삼백 원

6

텅 빈 책장
내가 어떤 하늘을 날아다녔든 어떤 밤을 질러 왔든
나는 어둠이 달고 가는 찢어진 날개일 뿐

두 시 구 분 육 초의 상상

| 흰 벽들 | 두 시 구 분 육 초 | 시간을 가리키는 것들은 | 왜 |
| 모두 바늘로 되어 있는가 | 닫혀 있는 흰 커튼 |

| 커튼 너머엔 내가 없어 | 커튼 너머를 난 상상해 |
| 거기엔 구멍이 숭숭 난 돌이 있지 |
| 축축하고 무거운 돌, 느려터진 돌, |
| 부푸는 몸을 뒤척여 | 밤과 달을 몽땅 가리는 돌이 있어 |

커튼 너머엔 내가 없어	커튼 너머를 난 사랑해
창문에 뭉개지는 빗물	그 기분을 내가 아는 것처럼
난 알아	환청 이명 그 속에서도 알고 있지
이번에 침대 밑에 말라 죽은 바퀴벌레는 알이 있다는 걸 아는 것처럼
커튼 너머엔 돌이 있어	난 알아

| 외곽순환도로 | 상상해봐 |
| 커튼 너머엔 돌의 구멍을 지나는 외곽순환도로도 있지 |
| 뒤엎어진 차들과 | 술병을 던지는 유령들 |
| 두 시 구 분 육 초 | 나는 상상해 |
| 공중에 날아올라 불꽃처럼 터지는 타이어들 |
| 그 너머엔 목발이 낀 회전문 | 그 너머엔 회오리바람 |

| 회오리바람에도 돌지 않는 바람개비가 있어 |

| 또 그 너머엔 |

| 모래만 가득한 우물 | 그 우물을 담은 눈동자 |

| 다시 그 너머 너머엔 | 내가 돌릴 수 없는 회전문 |

| 두 시 구 분 육 초 | 난 상상해 | 커튼 너머로 닫히는 눈
| 난 알아 |

| 흰 커튼이 쳐진 | 흰 벽들의 방 |

| 다시 |

| 두 | 시 | 구| 분 | 육 | 초 |

| 왜 | 바늘은 모든 시간을 찌 르 고 가 는   가

떠돌이 베개

여기 오백일호 병실, 맞지요
다녀왔어요
(당신은 내가 침대 위 그 자리에만 있는 줄 알지만)
바늘 자국 난 아기의 뒤통수에서
한밤중 할아버지 식은 목덜미까지
그 자리에서 맨발로
다녀왔어요
(당신은 당신만 맨발인 줄 알지만)
동물원 콘크리트 바닥, 사자의
짓무른 발바닥처럼
흘러내리는 진물처럼 그렇게
맨발로 다녀왔어요
벌거벗은 죽음의 꿈과
꿈 같은 죽음
(당신은 라디오를 듣지만)
나는 라디오를 끌 때 나는 소리를 들어요
참 이상하죠 소리를 끌 때 나는 소리가 가장 커요
벚꽃 흩떨어진 밤 그늘
(올해는 꽃빛이 어둡다고 당신이 투덜대던)
거기서, 나는 눈사람 발바닥 냄새를
맡고 있어요 이월 어느 오후의
그 뒤통수 냄새를 맡아요
그렇게 또 오늘도

다녀왔어요

변두리

월요일 늦저녁 오래된 극장의 마지막 상영이 끝나면
어……쩔……까
마지막 관객은
마지막 장면의 키스신은
어…쩔…까
뒷모습의 냄새는
뒷모습을 기도하는
십 자 거 미 는
서성인다 월요일 열 시 반 변두리

나는 어느 벽 뒤에

귀신도 들르지 않을 한밤중
잃어버릴 것들이 도착한다
비옷을 입고 베개를 든 유령처럼
金씨가 사라진 숲처럼
곰이 돌고돌아 문이 된 것처럼
도착한다 도착해서 도망다닌다

눈을 감으면 어둠 속
서서히 피어오르는
잠들어 있는 사람의 살냄새
유월 창가에서 흘린 첫 땀냄새
잃어버릴 것들이 도착한다
도착해서 도망다닌다

귀신도 하지 않을 헛소리
이제 그만 듣고
이제 그만 찾아주시오
나는 어느 벽 뒤에 있소

바다코끼리 머리뼈

곳: 불 꺼진 자연사박물관
때: 11시든 11분이든

손자국 입김 자국 더덕더덕 붙은 유리벽 안, 표본실 받침대엔 커다란 바다코끼리 엄니, 그 엄니엔 머리뼈가 달려 있다, 그게 언제부터 여기 있었는지 언제 웃고 언제 가죽이 벗겨졌는지 알 수 없다, 누가 잡았는지 알 수 없다, 그것 앞엔 비닐 주머니 안에 든 우산이 서 있을 뿐, 왜 서 있는지 알 수 없다

바다코끼리 머리뼈: (부서질 듯 창백한 엄니를 들썩이며, 우산을 향해) 어이, 이것 좀 보라구 (곁눈질로 습도계, 온도계, 제습기를 가리킨다) 좀 비싼 거야

비닐 주머니에 담긴 찢어진 우산: (비 한 방울이 비닐 주머니에 고이는 소리)

바다코끼리 머리뼈: (벽에 붙은 표지와 명찰을 턱으로 가리키며) 너, 라틴어 학명이 뭐야?

비닐 주머니에 담긴 찢어진 우산: (비 한 방울, 비닐 주머니에서 새는 소리, 비 한 방울, 비닐 주머니 아래 붉은 카펫에 스며드는 소리)

바다코끼리 머리뼈: (뼛조각들을 부르르 떨며) 너 대체 몇 살이야?

비닐 주머니에 담긴 찢어진 우산: (젖은 붉은 카펫이 더욱 붉어지는 소리)

바다코끼리 머리뼈: (허연 머리뼈가 푸르죽죽해지며) 박제당한 채 태어나 울음을 받아내며 울음을 참는 자여

비닐 주머니에 담긴 찢어진 우산: (축축한 카펫이 더욱 축축해지는 소리) 너도…… 축축해……

박물관 직원 서넛 들어와 곰팡이 슨 바다코끼리 머리뼈를 치운다.

첫눈

이미 내린 첫눈이
지금 처음 내린다

내린 적 없는 눈이
아직 내린다

불지도 않은 바람이
있지도 않은 소용돌이 무늬를
기억하고

이미 사라진 바람은
있지도 않은 나의 날개를
찢어
입속으로
흩뿌린다
눈,
눈,
눈, 　눈,
눈,
눈,
눈,
눈,
아무것도 아닐 수 없는

내릴 수 없는
마지막 눈이 이제야 끝나지 않는다

슬픈 톱니바퀴
—정오부터 자정까지

12

정오의 데킬라

나를 싣지 않은 기차는 국경을 넘어가고 있을까

13

빈 잔을 내동댕이치고

뒤돌아보지 않는 슬픔이란 게 있다

14

태양 아래 마녀의 검은 무쇠솥처럼

끓어오르며 연구하고 고민한다, 슬픔은

15

땀에 젖은 오래된 가죽 시곗줄 냄새

16

폭우 속 기관차처럼 질주할 것, 무엇이?

17

비바람에 뒤집힌 우산 속

부러져 흔들리는 우산살에 기댄 슬픔도 있다

18

벽에 스민 빗물과 여자의 젖은 목덜미 사이의 냄새

19

다자이 오사무는 날씨가 되기도 한다

20

텅 빈 유리 탁자 위

별자리로 흩어지는 소금 알갱이들

21

탁자 위를 훑고 가는 행주, 물 자국 무늬들
손끝으로 더듬는다

22

열 시가 슬프지 않을 리 없지, 생략
그러나 열 시 십 분의 빛나는 각도를
나는 기억한다

23

오래 묵은 누런 안개에 불어난 늙은 개의 등뼈

24

나를 싣지 않은 기차는 또다시
나를 싣지 않고 달린다

안개 공황

벙어리 늑대가 안개를 물어뜯으며 울부짖는다
안개 속이거나 아니거나
어차피 안개라고 부른다
시와 피가 하나였을 때처럼
다른 이름으로 부를 수 없다 이제
잃어버린 그것이 안개
벙어리 늑대가 안개를 물어뜯으며 울부짖는다
붉은 눈을 감지 않기 위해
어차피라는 말을 쓰는 시는 없다
그것이 잃어버려야 할 것
내 시는 읽지만 않으면 어렵지 않다
안개로 부르기로 한다
내 피를
안개를
벙어리 늑대가 물어뜯으며 울부짖는다
어차피 이미지 속이거나 아니거나
그런데 이미지는 언제 나오지
어디서든 어떻게든 어차피보다 그것이 문제가 됐을 때
잃어버려야 할 때
그러지 않아도 어차피
안개처럼 핏물이 흘러
꿀처럼 나른해질 때
벙어리 늑대가 안개를 물어뜯으며 울부짖는다

붉은 눈을 감지 않기 위해 —

헛것을 헛디디며

일그러졌다 일어서며

목이 졸린 채 내뱉는 숨

찢어진 목젖이 너덜거리는 꿈

붉은 눈을 감기 위해 나는

안개를 핏속에 묻는다

얼룩

—여기 어디?
—내가 어디로 가는지 생각중인 곳

—어딘지 몰라도 나는 내가 뭔 줄 안다
—내가 뭔 줄 모르기 위해서 나는 내가 필요할 뿐

—죄와 숯과 시멘트를 지난 적 있나
—자화상을 그리고 있는 네가, 얼룩이냐,
내 얼굴이 아닌 얼룩이기는 하냐

—즉흥 시인
—침묵이 등뼈가 썩어 문드러졌을 때나 쓰는 수법

—더 어두운 곳에서 널 기다릴까
—묻힐 것들은 어둠 속에서 묻지 않는다

—난 번진다 퍼진다
—오늘도 넌 네게 갇히고 난 내게 갇히는 비 내리는 밤

벽 너머
사라지며 만나는 것들
검은 나뭇잎들을 훑어내리는 갈퀴바람 소리

안개 악몽

저 너머 뱀 비늘 냄새 (안개, 안개인가) 지금까지 내게 그런 게 너였니, 나를 물어뜯은 까마귀 (아니, 아니야) 그래, 내가 물어뜯은 까마귀 (그건 더 아니야) 그래, 그 기억의 어금니 자국도, 안개나 되어버려 (그러지 마) 아니, 너는, 갈기갈기 찢긴, 비명들의 은유일 뿐 (왜 나한테) 아니, 너는, 무쇠 장화에 외올 베옷 입은 안개, 네겐 그래도 돼 (안 돼 안 돼) 썩은 계단을 뛰어올라가, 나의 안개, 올라가라니까 (그러지 마, 아니야) 네게만 그럴 거야, 올가미와 창살이 있는, 나의 안개 (안 돼) 네겐, 그래도 돼, 핏물 젖은 나의 안개 (안개, 안개)

바퀴

너 때문에 돌아버리겠더니 드디어
돈다, 돌고 돌아 뒤로
나는 마구 달린다

신호등을 박고/ (이제야 내 머리 위로 빛이 쏟아지고)/ 언제나 나는 불 꺼진 방 안/ (어항을 비추는 형광등 불빛뿐)/ 나는 축축한 바닥/ (배를 뒤집은 물고기 혼자 어항 속에 떠 있다)/ 썩은 물거품 냄새,

벚나무를 박는다/ (그 물고기 비늘 색이 뭐더라)/ 너, 나 봤니?/ 폭발하듯 한 번에 떨어지는 벚꽃잎 속,/ 그 자리에 나는 돌고 돈다,/ 봄의 비늘들/ 모두 돈다 빛난다

(왜 지금 나는/ 물속/ 천천히 가라앉는/ 물어뜯긴 살점을 떠올리는가)

정말 너 때문에 돌겠더니
돈다, 어지러워 아무 뒷덜미나
잡는다, 그게 바로 검은 팔월
끓어오른 아스팔트의 검은 맛

너무 멀리 왔네

너의 창틀에 내 손 매달아두고/ 네 웃음소리 세던 발가락들 버리고 / 너무 멀리 왔네

얼마나 달렸을까/ 아직 강물은 사슬 소리로 들리고/ 아직 멀었네/ 난 기억의 흑갈색 갈기에 머리채가 묶인 채/ 뛰어내리지 못하네/ 양파보다 눈부신 네 살갗 냄새/ 지금도 따라오네/ 아직 멀었네

무엇을 하고 있을까 내 손은/ 참피나무에 매달려/ 돌을 맞고 있을까/ 기특하게 내 묘비를 만들고 있을까/ 얼마나 달렸을까/ 아니, 칼바람에 너덜너덜해져/ 지금도 너의 벽을 두드리고 있지

너무 멀리 왔네/ 그러나 멀었네/ 포르말린 병에 네가 내 손발을 담아 지켜볼 때까지/ 아직 멀었네/ 내 눈동자에 촛농을 떨어뜨려줄 누군가에게/ 다시 손발을 잘라놓을 때까지/ 멀었네 네게 포르말린 병을 찾으러 갈 때까지/ 아직 멀었네

비밀과 턱

—(달콤하게) 나는 너의 비밀
—(더욱 달콤하게) 너는 나의 턱
우리에겐 건너야 할 게 없어

—나는 두 다리를 얻고
—너는 네 다리를 부쉈지

—(낮고 느린 소리로) 우린 건널 게 없어
—(부드럽게) 굴러가다 돌아오자

—흙비의 억양으로
—늪의 음색으로

—이제 비밀은 거리의 노래가 될 거야
—턱은 연금술 솥처럼 끓어오르겠지

—너 아니면 내가 (아니, 반드시 네가)
—(아니, 너는) 묵음을 짚으며 비명을 건너고 있다

안개 무대

가죽이 벗겨진 토끼 한 마리
뒷덜미에 쇠꼬챙이를 꽂은 채 내 가슴에 들이닥친다

(아무나, 혹은 아무도 나오지 않은 채, 안개다)

그런다고 안개가 될 줄 알았는가
나의 척추와 추억을 밟고 또 밟고
숨과 숲을 빼앗았다고
안개가 나를 덮은 건 아니라는 거
나도 알고
너는 알 필요 없고
그렇다는군 안개가 되거나 아니거나 안개로 흐를 수 없다니

*

그래, 그때, 너와 내가 서로의 가죽을 벗겨 한 마리 토끼가
되었지
가죽 없는 가족
가죽을 벗겨주던 손가락은 서로의 가슴을 찢고 피어난다

(무대 뒤에선 이제야 토끼를 잡느라 뛰어다니는
소품 담당, 그가 바로 안개다)

누구, 토끼의 비명을 들은 자 있을까
나의 사냥꾼, 이제 쓰러져도 된다는 거야?
아니라고 그랬잖아
누워봐, 이제는 시월의 노을마다 내 젖꼭지가 시들어
떨어져도 괜찮겠지?
은하수로 너의 젖을 채워도
어차피 네 가슴엔 눕지 않을 텐데

그래도 노을 진 시월이다
내 손목 위에서 너의 심장이 춤을 출 때도
안개만은 믿지 않았어
너의 핏줄에 레퀴엠의 음표들이라도 달아줄까
나는 안개가 될 수 없어

*

가죽이 벗겨진 토끼도 한 마리 토끼
가죽 없는 가슴에 어떤 가죽을 대도 북소리는 울리지 않는다

이봐, 이거 비명에라도 싸서 묻어줘야 하는 거 아니야?
여기는 심장이 아니라 안개
핏물에도 물들지 못하고

안개에도 물들 수 없는,
그러나 이미 스스로 안개인 자,
껍질 벗겨진 안개의 탯줄을 목에 감고 오래오래 살아 있기를

회전문을 위한 회문(回文) *

일요일, 다 깊은 밤

허공의 생일

가다가

다 갔나

마지막

자, 가자 혼자

밤은 깊다, 일요일

일생의 공허

가다가

나갔다

막지 마

자, 혼자 가자

* 거꾸로 읽을 때도 앞에서 읽을 때와 같은 문장이나 낱말을 말한다. 이 시에서 1연의 각 행을 거꾸로 읽으면 2연의 행이 된다.

뱀을 따라간 길

외가로등 마지막 불빛
핏빛 햇살 아래 아직 꺼지지 못한
갈기갈기 만들어진 길
내 발바닥은 절벽을 태운 재투성이
그 길이 너라면 찢었고 찢을 때마다
뒤돌아볼 때마다 다시 잘못들어서는
찢으면서 지나가는 길

네가 그 길이 됐던

실

나
는
내
게
남
은
한
가
닥
.
.
아 　　　　　　　　나는
침 　함를 　　　　　은 　내
노 　께 리 　　　　묶 　게
을 깁 　소 　　　　을 　남
냄 고 　진 　　　목 　　은
새 싶 　엔 　　에 　　　단
와 던 첫 　　기 　　　한
기 ˙. 의 　　연 　　　가
관차. 　　　른 　　　닥
흩 　　푸
어 　　의
지 　로
는 철

끝

말라 죽은 주목엔 초록 눈을 뜬 고양이 여기서 떨어지면 시작이다 간다

해설

빈 세상에 뜬 노래

이소연(문학평론가)

그믐: 잃었으나 잊을 수 없으므로

눈을 떴으나 보이는 것이 암흑뿐이라는 이유로 눈을 찌를 수야 있겠는가. 눈에게는 아직 아무것도 보이지 않는 세계의 궁지를 목격(目擊)하는 일이 남아 있다. 이는 말로 할 수 없는 지경을 겪으면서 혀를 깨물지 않고 보존하는 이유와 같을 것이다. 병에 걸리지 않도록 조심하기만 하면 된다. 그러면 언젠가 빛이 들어오고 극에 달한 곤궁에서 벗어날 수 있으리라는 기약 없는 기다림으로 스스로를 동여맬 수 있다. 손쓸 수 없는 상실을 맛볼 때마다 자신이 텅 비었다고 생각하는 병, 자신을 하나의 개체로 묶어주는 힘이나 명분이 어디에도 없다는 사실을 곱씹고 곱씹는 병. 그러나 진솔한 충심은, 질환에 깃든다. 우리는 무언가 혹은 누군가의 곁에서 누렸던 흐뭇함과 안식을 무엇으로 보답해야 할지 미리 알지 못한다. 그를 떠나보내고 난 연후에 찾아오는 지독한 슬픔 덕택에 뒤늦게 배울 뿐이다. 사랑의 기쁨을 더할 때 우리는 공허, 아픔, 절망의 무게를 빼고 셈한다. 아니, 그렇지 않다면 이 세상이 온통 병상인 이유를 도대체 설명할 수가 없다. 어떤 시인에게 그 병은 사랑의 계율과도 같다. 조심하라는 경고 앞에서 그는 웃는다. 운다. 연인을 안던 품으로 대신 자신의 병을 얼싸안는다.

김경후의 시는 상실에 대한 정조로 가득 차 있다. 사람이라면 누구나 잃어버리면서, 그리고 잃어버린 대상을 가끔씩 생각하면서 살아가기 마련이다. 모든 사람이 상실의 슬픔을 견뎌내지 못하는 것은 아니지만, 그렇다고 모두 잘 견뎌내고 있노라 말할 수 있는 사람도 흔치 않다. 마치 각자 자신에게 주어진 시간을 갉아먹으며 연명하듯이, 산다는 것은 훼손을 무릅쓰는 것이다. 다만 우리는 상실의 슬픔을 부정하고 애도함으로써 계속해서 살아갈 수 있다. 애도는 한때 우리 곁에 있던 소중한 대상에 대한 기억을 잃어버린다는 것을 의미하고, 우리가 그것을 망각했다는 사실조차 잊어버린다는 것을 뜻한다. 그러나 절망으로 인해 쓰러진 자를 돕기 위해 애도의 처방약을 건네는 일은 시인의 역할이 아니다. 적어도 김경후의 시는 근근이 살아가는 이들의 귓가에 비탄을 흘려넣기 위해 쓰여진 것 같다.

이번 약은 잘 들을 겁니다
의사 말을 듣고
믿고 싶은 그 말을 믿고 나는 묻는다

얼마나 잘 듣지 않았나
이불 속에 드러누운 나의 마음은
—「잘 듣는 약」 부분

치료를 거절한 채 병실 문을 안에서 걸어 잠근 나쁜 환자들은 무엇을 지키려는 것일까. 그들에게 애초의 상실보다 더 견딜 수 없는 것은 상실했다는 기억마저 잃어버리게 되는 상황이다. 그렇다면 단호한 절망, 그것이 오히려 지극한 사랑에 가까울지도 모른다. "난 내가 버린 것들을 믿지 않는다/ 버렸다는 걸 믿지 않는다/ 아직 난 주홍색 천막 안에서/ 종이 계단을 삼키고 있는 중이다"(「천막 교실」). 그가 한결같이 지켜내려고 하는 것은 잃어버린 대상이라기보다, 잃어버리지 않겠다는 자신의 결심이다. 기억하기, 망각에 맞서기, 그것이야말로 상실로 만연한 세계에 그가 맞서는 방식이다. 그의 시는 상실의 아픔을 보여주는 이미지에서 시작하여, 잃어버린 대상을 대체하는 몸으로 차차 변화한다. 기실, 이러한 과정은 거듭되는 부정과 부인을 천천히 쌓아가면서 이루어지기 때문에 어떤 결과를 가져오게 될지 예상하기란 간단치 않다. 이를테면 사지가 모두 잘려나간 기이한 형상(「토르소」)이나 꽈리 튼 뱀만큼 비대해진 성대(「코르크」), 포르말린 병에 담겨 있는 잘린 손발(「너무 멀리 왔네」) 등은 치료를 거절하는 이가 도달하는 병적 불안의 상태를 형상화한 기이한 이미지들이다.

있어서 안 되는 건 이미 모두
없다
더이상 잃을 것도 없다
그것뿐
벌건 할로겐 램프 아래

벌거벗은
토르소
잊기의
기억
—「토르소」 부분

시인에게 가장 큰 공포는 "잊기의/ 기억", "모든 기억을 지워도 지워지지 않는/ 지웠다는 기억"(「지우개」)마저 잃어버리는 상황일 것이다. 그러나 앞에서도 말했던 것처럼 이러한 노력으로 인해 자아는 점차 '텅 비어간다'. 애초에 그가 상실을 부정하고, 또 자신이 상실을 부정하고 있다는 사실마저 부인하는 행위를 반복해서 묘사한 이유는 무엇이었던가? 일상에 닳아 마비되어가는 감각을 두드려 깨우기 위한 것이 아니었던가. 그러나 시인은 상실한 대상에 대한 충심을 확인하기 위해서 밤마다 아물어가는 상처를 찢고 또 찢는 행위마저 낡아가리라고 예고한다. "몽유병 걸린 시체처럼 쓰고 지우고 쓰고 지우고/ 불의 심장은 이미 식었다"(「아름다운 책」).

오래 머물렀던 너의 이름에서
개펄 냄새가 난다
그것은 온통 버둥거린 자국들
부러져 박힌 비늘과 지느러미들

나를 쾅! 닫고 나가는 소리에
내게 묻혀 있던 악몽의 알들이 깨어난다
깨어날수록 난 잠든다
컴컴해진다
—「그믐」 부분

치명적인 상실을 입은 자아에게 주어진 선택의 여지는 많지 않다. 시인은 우리를 앞을 가늠할 수 없는 캄캄한 시계(視界) 속으로 던져넣는다. 몸을 아끼지 않고 잃어버린 대상에 대한 충심을 지켰으나, 남은 건 텅 빈 신체와 훼손된 언어, 그리고 눈 감은 천공뿐.

식(蝕): 빛과 어둠 사이에서

그렇다면 자포자기 상태가 되어 어둠의 심연에 자신을 온전하게 버리는 선택은 허용될 수 있는가? 아마도 그렇지 않을 것이다. "아주 잠시 캄캄한 채 내가 당신 한가운데 떨어져도 되겠습니까"(「코너」)라는 기원은 응답되지 않는다. 김경후의 시는 천체의 이미지, 조명이 들어오고 나가는 텅 빈 공간 등을 통해서 어둠과 빛의 기미를 섬세하게 포착한다. 그 가운데서도 시의 분위기를 압도하고 있는 것은 두말할

나위 없이, 칠흙 같은 어둠, 다시는 끝나지 않을 것 같은 밤의 정조다. 시가 그려내는 천공의 한가운데 간혹 달과 별이 떠올라 명암과 농도를 조절한다. 따라서 앞에서 인용한 시구에서처럼, 시인은 온전히 어둠뿐이라고 여기는 순간을 곧잘 '그믐'으로 표현한다. '그믐'에도 달은 존재하는가? 물론 그러하지만 달은 우리에게 빛을 보여주지 않는다. 하지만 그믐도 언젠가는 지나가버릴 한 시기에 지나지 않는다. 빛은 다시 고통스럽게 지상에 돌아와 마비된 신경을 깨우고 헛된 희망에 잠시 몸을 담그도록 한다.

그믐의
마지막
빛
테두리

버려진
뱀 허물을 뚫고
자라나는
제로
담쟁이덩굴
한
줄기
—「자라나는 제로」 전문

김경후의 시에서 빛과 어둠이 서로를 밀쳐내고 가리면서 공존하는 상태는 두 천체가 서로를 가리며 힘의 경합을 벌이는 이미지로 표현된다. 그것이 식(蝕)을 바라보는 이들의 고뇌다. 대개 힘 한번 제대로 쓰지도 못하는 이들이 리비도가 벌이는 사랑과 죽음의 게임 한가운데 끌려들어가 엉망이 되도록 얻어터지기 마련이다. "때려봤자 맞지도 피 흘리지도 못하는, 때려봤자 도망치지도 바닥에 뻗지도 못하는"(「샌드백」) 이들은 삶으로 향하는 욕망과 죽음으로 가는 충동 사이에 비스듬히 걸쳐 견디는 것밖에는 도리가 없다. 망각과 기억, 사랑과 좌절, 무의미와 기호들 사이의 경계선에 놓여 있는 시인의 팔자가 대개 이러하다. 그리고 완전한 어둠을 간절히 바라는 마음조차 곧 지나가버릴 미망임을 깨닫고 만다.

시인이 묘사하는 고통은, 거듭될수록 오히려 그 안에 있는 사람을 차갑게 깨어나게 만든다. 그에게는 마비나 혼절에 이르는 것마저 금지되어 있다. "많이 마셨는데 안 취한거 같네, 그게 아닌데, 그게 아니지만 이것도 아닌, 뜨겁지 못한 그게 시가 되는, 취하지도 못하는 시"(「환절기」). 거듭되는 무효화로 인해 얻어진 명철함은 관조자에게 가장 필요한 덕목이기도 하다. 그리고 그는 소름 끼치도록 침착한 시선으로 빛과 어둠의 기미, 어느 한쪽도 놓치지 않고 잡아내려 한다.

개기월식의 절정에
발바닥으로 흘러내린 한 오라기 태양
흐르고 번지고 몸부림치는
순간을 마지막 핏물이 빠져나갈 때까지
그렇게 내버려둘 것
—「상어와 한 컷」 부분

그의 시에 묘사되는 암흑은 집요하게 파고들수록 찬란했던 시기의 빛을 상기시킨다. 사람들은 이러한 역설을 가리켜 시인이 곧잘 사용하는 기교라고 말할지 모른다. 그러나 김경후의 시에서 이러한 '기교'는 '증상'의 모습으로 곧잘 몸을 바꾸곤 한다. 이때 압도적인 어둠은 때로 내면에서 투쟁을 벌이고 있는 주체의 증상을 영사하는 스크린의 역할을 하기도 한다. 하늘의 별과 인간의 조명에서 흘러나오는 빛의 파편들이 명멸하면서 어둠 위에 어떤 형상을 새겨 넣는지 보라. 마음의 무늬들, 공허의 흔적, 위로할 수 없는 슬픔의 결, 그것은 '식(蝕)'의 시기처럼 순식간에 지나간다. 어둠이 삼켜버린 빛의 아우라를 남기면서. "터지지도 울부짖지도 않는/ 곪은 일식의/ 나날들"(「달궈진 프라이팬 위의 자정」)은 상실의 아픔을 내면에 눌러 담은 채 끈질기게 버티는 이들의 몫이다. 그리고 시는 어느 한쪽의 충동에 투신하지도 못한 채 연옥에 머물러 있는 어중간한 상태로 계속 회귀한다.

낮달: 못 박힌 꿈의 흔적

달밤과 낮달
기울지 않고 흔들리지 않고
버려지지 않은 채
초승달 위로 초승달이 지나간다
—「여덟번째 해바라기와 여덟번째 기억 사이」 부분

있어서는 안 될 자리에 있는 것은 언제나 기이한 느낌을 주기 마련이다. 한낮의 푸른 하늘 한가운데에 떠 있는 달의 모습은 원래의 형상을 잃어버린 채 껍데기와 골격만 남아 부침하는 유령을 연상시킨다. 삶 속에 끼어들어 있는 죽음의 이미지처럼, '낮달'은 요란하지 않게 일상의 풍경을 잠식해 들어온다. 낮달은 희미한 윤곽을 통해, 지나간 달밤, 이제 돌아오지 않는 시간을 생각나게 함으로써 지나간 과거를 현재 속에 위치시킨다. 이러한 이미지는 롤랑 바르트가 『밝은 방』에서 말한 '푼크툼(punctum)'이라는 용어에 정확히 상응한다. 그에 따르면 푼크툼은 시간, 노에마(noème)에 대한 가슴 아픈 과장, 그것의 순수한 표상*으로서 감상자를 날카롭게 찌르고 들어오는 사건이다. 이는 우리에게 잃어버

* 롤랑 바르트, 『밝은 방, 사진에 관한 노트』, 김웅권 역, 동문선, 2006, 118쪽에서. 여기서 노에마는 "그것이-존재-했음"을 뜻하는 용어이다.

렸던 것을 다시 발견하게 하고 이를 또다시 상실하는 과정을 경험하게 함으로써 기억 속에 남아 있는 환희와 슬픔을 한 자리에 모으는 역할을 한다. 김경후의 시에 수없이 등장하는 찌르기, 찢기, 절단하기 등의 촉각적인 이미지는, 시의 내부에서만 발생하는 사건이 아니라 외부를 향해서 일어나는 텍스트의 사건이기도 하다. "지금/ 그래도 될까,/ 하지만 이 말도 이미 송곳바람"(「에칭」)이라는 경고가 무색하리만치, 시인은 서로 어울리지 않는 낯선 이미지들을 이리저리 병치시키고 뒤섞어놓음으로써 독자들의 감수성을 교란시켜 시간과 의식의 경계를 허물어뜨린다. 사정없이 잘려나간 부분대상들, 소금에 절여지고 포르말린으로 처리된 신체들의 형상은 심지어 에로틱한 느낌마저 준다. "에로티즘, 그것은 죽음까지 파고든 삶"이란 유명한 경구를 비틀어 표현하면, '삶에 파고든 죽음', 그것은 자기성애적 마조히즘으로 변형된 '도착적인 에로티즘'의 표현으로 볼 수 있다.

외로운 시인은 상실한 대상의 잔상을 불러내고, 이들의 파편을 간직함으로써 텅 비어버린 자신의 내면 공간을 무엇으로든 채워넣으려고 한다. 어차피 코너에 몰린 사람은 기력을 다하기 전에 무엇이든 해볼 것이다. 그는 소중한 대상을 지키기 위해 필사적으로 못을 박고, 꼼짝 못하도록 가두고, 심지어는 통째로 삼키기까지 하지만 이 모든 행위는 결국 무위로 돌아가고 만다. "자신의 가슴으로 구덩이를 삼키는 자/ 그가 바로 가두다"(「가두다」). 유령을 결박할 수 있는 올무는 어디에도 없다. 결국 김경후의 시에 등장하는 수많은 허깨비들, 그를 자기 안에 끌어들이기 위해 행한 모든 안간힘은 모두 자기 자신을 향한 것이었음을 알게 될 때, 환상은 달아나고 만다. 그는 결국 "나로부터 한 발짝도 나갈 수 없는" 것이 "철필로 쓴/ 기억의 비명"뿐임을 인정하고 만다. 어쩌면 그저 시는 최후의 나날까지 남아 있는 페티시인 것일까.

어쩌면 평화롭게 만날 수도 있으리라. 슬프고도 아름답게, 지나가버린 과거의 시간들과 헤어진 사람들과 함께 한 잔의 아쉬움을 입속에 털어넣을 수도 있으리라. 가끔 강박증으로부터 벗어나는 행복한 순간, 폭력 없이 자신을 돌아보는 때도 있다. 그것은 "마지막까지 말도 안 되는" 농담처럼 우리 곁에 잠깐 찾아왔다가 찰나의 빛처럼 꺼져간다.

곰팡이 슬어도 썩지 못하는
어제, 예스터데이
(중략)
앞으로도 말도 안 되는 비유들에 사로잡힐
살아 있던 자들이 깔아놓은 철로에
죽을 자들이 누워 부르는 콧노래
그 위로 꽁초처럼 떨어지는 별빛들
자, 이것이 마지막까지 말도 안 되는
농담 예스터데이

살아 있던 자들이 기차를 세워
죽을 자들을 부축해 돌아가는
오늘도 예스터데이
—「농담 예스터데이」 부분

시인의 세계에서 과거는 절대 폐기되지 않으며 끊임없이 여러 계기로 인해 환기된다. 그 방법 가운데 하나가 망각되었던 기억들을 떠올리게 하는 공간을 방문하는 일이다. 누구나 젊은 시절의 추억을 묻어둔 카페나 술집 정도는 갖고 있을 것이 아닌가. "진통제가 풀린 수족관 속 물고기"처럼 마비되었던 감각이 되살아나면서 생사, 과거와 현재, 망자와 산 자가 한데 뒤섞이는 순간, 산 사람이 오히려 유령에게서 위안을 받고 서로의 자리를 바꾸는 웃지 못할 일이 벌어지기도 한다. 그러나 이 또한 오래 지속되지 못할 꿈에 불과할 뿐임을 시인은 잊어버리지 않는다. 이러한 평화는 연속적인 일상에 잠깐 끼어든 농담처럼 쉽게 지나가버리는 것. 결여되어 있는 빈자리를 메우기 위해 하나의 오브제에서 다른 오브제로 미끄러지는 환유의 악순환은 계속될 수밖에 없다. 이생을 망친 인간은 악마의 환등상처럼 반복해서 등장하는 이미지들의 연쇄에 매달려서 살아가는 존재들이다. 원래, 그런 것이다. 그는 자신의 텅 빈 영혼을 덧없는 오브제로 대체하지 않고는 견뎌내기 힘들다는 사실을 일찌감치 눈치채고 기약 없는 흐름에 몸을 맡긴 지 오래다. "머리에 대못이 박힌 채 껍질이 벗겨지는 뱀장어 눈알"(「환절기」)을 아끼던 자, 그대는 "바람 불 때마다 닦아놓은/ 내 손톱"(「손톱의 블랙유머」)에서 비롯되었고 "백지 같은/ 달의 유골함"(「북 치는 여자」)을 거쳐 "너와 내가 같이 신던 슬리퍼"(「해 질 녘의 슬리퍼」)를 향해 간다. 그럼 다음엔 어디로?

안개: 도저히, 흩어질 수 없는

시인은 자신이 '기억하고 있음'을 기억하기 위해 글을 쓴다. 그러나 그토록 잊지 않고자 한 대상은 과연 무엇이었던가? 그가 잃어버린 것이 무엇이기에 애타게 잊어버리지 않으려고 하는가? 종내는 자신이 '무엇'을 상실했는지조차 불확실하게 된 상태에서 시인은 상실한 대상의 자리를 채워줄 대체물들을 끊임없이 찾아다니게 된다. 그러나 이들은 내면의 허기를 잠시 채워주는 것 같으면서도 잠시 후엔 오히려 그 불완전함으로 인해 결여를 생각나게 만드는 이중적인 존재들이다. 마치 자동 인형처럼 시인의 의식은 매 순간마다 상실의 대상을 대신할 기호들을 갱신해나가지만 욕망은 만족을 모르고 다시 흘러간다. 그리고 시계의 시침처럼 최초의 비어 있는 자리로 돌아오고 만다.

12
정오의 데킬라
나를 싣지 않은 기차는 국경을 넘어가고 있을까
13
빈 잔을 내동댕이치고
뒤돌아보지 않는 슬픔이란 게 있다
14
태양 아래 마녀의 검은 무쇠솥처럼
끓어오르며 연구하고 고민한다, 슬픔은(중략)
23
오래 묵은 누런 안개에 불어난 늙은 개의 등뼈
24
나를 싣지 않은 기차는 또다시
나를 싣지 않고 달린다
—「슬픈 톱니바퀴-정오부터 자정까지」 부분

정오에서 자정에 이르는 한나절. 정확히 시곗바늘이 한 지점에서 출발하여 다시 제자리로 돌아오는 데 걸리는 시간. 이는 내면의 슬픔이 어떻게 외부의 사물들을 향해 투사되는지 파악하기에 충분한 간격이다. "나를 싣지 않은 기차"가 떠나버린 빈자리를 메우기 위해, 덧없는 기호들이 하나씩 만들어진다. 마치 저물어가는 빈 하늘에 차례로 박히는 별처럼, 투명한 중심과 절단면을 지닌 이미지들은 매우

영롱하게 빛난다. 빛의 환처럼 텅 빈 중심을 둘러싸고 돌아가는 아름다운 장치, 우리는 이를 시적 상상계라고 부른다. 시인은 상실의 슬픔과 애도를 거부하는 충심을 재료로 하여, 나르시시즘적인 버팀목을 세워나간다. 라캉이 눈멀게 할 정도로 '아름답다'고 말한 안티고네 역시 무덤으로 걸어 들어가면서 그곳을 자신의 '신방'이라고 부르지 않았던가. 시는 때때로 안에서 밖으로 나올 때보다, 바깥에서 안으로 들어가는 자들의 눈을 더 부시게 만든다. 안에서 문을 걸어 잠근 납골당 안에 숨겨진 비의(秘意), 그것은 이미지들의 성좌로 촘촘히 새겨진 아름다운 내실이다.

그러나 김경후의 시는 종내 이러한 아름다움마저 부정한다. 시인은 "이게 바로 진짜 말벌주, 나의 책들, 신화 속 벌들의 아틀란티스"라고 선언하면서도, "내가 어떤 하늘을 날아다녔든 어떤 밤을 질러 왔든/ 나는 어둠이 달고 가는 찢어진 날개일 뿐"(「아름다운 책」)이라는 진실을 누설해버린다. 그의 시는 공들여 만든 자신의 세미오티카마저 부수고 지워버리려는 순간 가장 큰 위기를 맞이하게 된다. 시인은 항상 스스로를 의심하고, 멈추지 않고 흔들리면서, 순진한 죽음 충동과 맞선다. 그리고 그의 글쓰기 역시 명확한 경계선을 상실하고 모호한 "안개"가 되어버린다. "그래, 그 기억의 어금니 자국도, 안개나 되어버려 (그러지 마) 아니, 너는, 갈기갈기 찢긴, 비명들의 은유일 뿐 (왜 나한테) 아니, 너는, 무쇠 장화에 외올 베옷 입은 안개, 네겐 그래도 돼 (안 돼 안 돼)" (「안개 악몽」). 그러나 김경후의 시는 의식의 와해에 맞서 끝까지 치열하게 싸움을 벌인다. "어차피라는 말을 쓰는 시는 없다"(「안개 공황」)는 단호한 선언은 그가 손쉬운 선택을 거절하기 위해 얼마나 절박하게 맞서고 있는지 가늠하게 한다.

> 내 시는 읽지만 않으면 어렵지 않다
> 안개로 부르기로 한다
> 내 피를
> 안개를
> 벙어리 늑대가 물어뜯으며 울부짖는다
> 어차피 이미지 속이거나 아니거나
> 그런데 이미지는 언제 나오지
> 어디서든 어떻게든 어차피보다 그것이 문제가 됐을 때
> 잃어버려야 할 때
>
> —「안개 공황」 부분

시인에게 있어 안개는 완전히 흩어지지 않는 자신의 의식이요, 흐릿하지만 놓칠 수 없는 기억을 의미한다. 또한 끊을 수 없는 모진 욕망, 끝까지 포기할 수 없는 글쓰기에 대한 질긴 믿음에 대한 은유이기도 하다. "핏물에도 물들지 못하고/ 안개에도 물들 수 없는,/ 그러나 이미 스스로 안개인 자,/ 껍질 벗겨진 안개의 탯줄을 목에 감고 오래오래 살아

있기를"(「안개 무대」).

김경후의 시는 어쩌면 우리의 삶에서 모든 것을 빼앗긴 후에도 남아 있는 것이 무엇인지 확인하기 위해 끝까지 따라가는 순례의 여정인 것만 같다. 아니면 가장 최소한의 재료를 가지고 구축할 수 있는 미학적 실험일지 모른다. 김경후가 자신의 시에서 초현실주의적인 형상시(calligram)를 종종 시도하는 것도 아마 같은 이유 때문일 것이다. 그는 언어가 의미마저 상실한 이후에도, 그 형태와 흔적만으로 최소한의 의미를 구성할 수 있는지 실험한다. "흩어지는철로의푸른연기에목을묶은나는내게남은단한가닥"(「실」)*은 과연 무엇인가? 그것은 거의 무게를 갖고 있지 않으면서도 간신히 형상을 유지하고 있는 '안개'와 등가물이며, 꺼질 듯 말 듯한 욕망, 삶의 충동과 같은 말이다. 소중한 것은 어디에도 남지 않아 텅 비어버린 세상에 시라도 쓰고 있는 한 사람이 없다면 어떻게 우리의 그리움을 전할 것인가. 흩어지지 못하고 남아 있는 언어의 길을 따라서, 잠시, 이 자리에 머물러 있기로 한다, 고 적는다.

* 여기에서 인용한 구절은 가느다란 실이 꼬여 있는 듯한 형상으로 쓰여진 칼리그램을 편의상 일직선으로 배열한 것이다.

김경후 1971년 서울에서 태어났다. 이화여대 독문학과를 졸업하고 명지대 문창과 박사과정을 수료했다. 1998년 『현대문학』을 통해 등단했다. 시집으로 『그날 말이 돌아오지 않는다』가 있다.

문학동네시인선 019
열두 겹의 자정

1판 1쇄 2012년 5월 25일
1판 2쇄 2019년 12월 11일

지은이 | 김경후
펴낸이 | 염현숙
책임편집 | 강윤정
편집 | 김민정 김필균
디자인 | 수류산방(樹流山房)
본문 디자인 | 유현아
마케팅 | 정민호 박보람 나해진 최원석 우상욱
홍보 | 김희숙 김상만 오혜림 지문희 우상희
제작 | 강신은 김동욱 임현식
제작처 | 영신사

펴낸곳 | (주)문학동네
출판등록 | 1993년 10월 22일 제406-2003-000045호
주소 | 10881 경기도 파주시 회동길 210
전자우편 | editor@munhak.com
대표전화 | 031) 955-8888 팩스 | 031) 955-8855
문의전화 | 031) 955-3576(마케팅), 031) 955-8865(편집)
문학동네카페 | http://cafe.naver.com/mhdn
북클럽문학동네 | http://bookclubmunhak.com

ISBN 978-89-546-1829-8 03810

* 이 도서의 국립중앙도서관 출판예정도서목록(CIP)은 서지정보유통지원시스템 홈페이지(http://seoji.nl.go.kr)와 국가자료공동목록시스템(http://www.nl.go.kr/kolisnet)에서 이용하실 수 있습니다. (CIP 제어번호 : CIP 2012002208)
* 이 시집은 2010년 서울문화재단 문학창작활성화사업기금을 수혜하였습니다.

www.munhak.com
문학동네